MW01641488

EL DUENDE VERDE

ANAYA

www.martin-casariego.com

Juan Ignacio Luca de Tena, 15. 28027 Madrid
www.anayainfantilyjuvenil.com
e-mail: anayainfantilyjuvenil@anaya.es

1.ª ed., marzo 1998; 2.ª ed., diciembre 2000
3.ª ed., diciembre 2002; 4.ª ed., mayo 2005
5.ª ed., enero 2008

Diseño: Taller Universo

ISBN: 978-84-207-8467-0
Depósito legal: M. 4.721/2008

Impreso en ORYMU, S.A.
Ruiz de Alda, 1
Polígono de la Estación
Pinto (Madrid)
Impreso en España - Printed in Spain

EL DUENDE VERDE

Martín Casariego

PISCO Y LA BODA DEL CAPITÁN CAIMÁN

Ilustración: Javier Vázquez

QUERIDO LECTOR

Hoy es un día muy importante para Pisco: ¡cumple siete años! Recuerdo que, cuando yo era niño, me pasaba semanas esperando con impaciencia el día de mi cumple, porque tenía muchas ventajas: te hacían regalos, te felicitaban, y a lo mejor te dejaban invitar a amigos, y acostarte un poco más tarde... En fin, un montón de cosas buenas. ¿Sabéis por qué me he dado cuenta de que me estoy haciendo mayor? Porque ya no me gusta tanto cumplir años. Y si tenéis alguna duda de lo que digo, haced una prueba: preguntad a vuestros padres... Preguntadles cuándo les gustaba más cumplir años, si cuando eran niños o ahora, que ya son mayores, y veréis cómo tengo razón.

Otra cosa buena que había eran las merendolas, con aperitivos y «sandwiches» y bebidas. Y cuando nos juntábamos los amigos y amigas, discutíamos para ver a qué jugábamos. Estoy seguro

de que eso mismo le va a pasar
a Pisco con sus invitados,
¿alguien se apuesta algo?...
También me regalaban libros,
de indios y vaqueros, y de
piratas... Yo creo que Margarita
ha leído algunos, y por eso se
sabe al dedillo las aventuras
del Capitán Caimán... Y hubo un
día en que jugamos a ser piratas,
con unas pistolas y unos sables,
de plástico, claro, para no
hacernos daño, y gritábamos cosas
como: «Al abordaje» y «Rendíos,
cobardes»... Pero bueno, que
me estoy enrollando demasiado,
ya os dejo con Pisco y Margarita
y las aventuras del Capitán
Caimán... ¡Espero que os lo
paséis bien, víboras y
escorpiones!

Martín Casariego

Para Lucía,
para cuando aprenda a leer.

HOY era un día muy especial para Pisco: el día de su cumpleaños. Llevaba un mes entero en el que no pensaba en otra cosa... Y por fin llegó la fecha: Pisco cumplía siete años... ¡Estaba haciéndose un hombrecito! Había tenido muchos regalos: sus padres le habían comprado dos libros, sus tíos un juego para construir casas, aviones, coches, y cualquier cosa que se le ocurriera. Sus abuelos, un álbum y unos cromos de futbolistas. Y su hermana pequeña, Anita, un dibujo del Capitán Caimán, un poco churrete, la verdad, pero muy gracioso. Así que no se podía quejar. Y como ese año su cumpleaños caía en sábado, no tenía que ir al cole.

Pero había una cosa que preocupaba a Pisco, y el dibujo de Anita se lo recordó: desde que había soñado con el Capitán Caimán, no había vuelto a saber nada del valiente pirata. ¡Y eso que Pisco, algunas noches, cuando se metía en la cama, cerraba los ojos con fuerza y se concentraba en el Capitán Caimán! «Voy a soñar con el Capitán Caimán», se decía Pisco. Pero nada: por mucho que se esforzara, soñaba con una carrera de caballos, con una nave espacial, con que se tiraba en paracaídas

y la tela se rompía y se despertaba del susto, con que estaba en el recreo y jugaba al fútbol y metía miles de goles... Soñaba con cualquier cosa, pero nada del Capitán Caimán... Y es que los sueños no se pueden controlar: vienen cuando ellos quieren, para divertirnos y a veces, también, para darnos miedo... Y entonces, se llaman pesadillas.

Pisco tenía también otro regalo: había invitado a su casa a niños y niñas de su clase para jugar por la tarde... ¿Y acaso no es un regalo poder jugar con nuestros amigos? Iban a venir a las cinco, y Margarita estaba encargada de cuidarles, porque los padres de Pisco se iban con Anita a visitar a sus abuelos. Cuando Margarita llegó, traía como regalo un sable y unas pistolas de bucanero. Pisco se quedó encantado, pero eso le hizo acordarse todavía más del pirata.

—Quiero que me cuentes qué pasó con el Capitán Caimán y el Lugarteniente Nadie —pidió.

—Veamos —dijo Margarita—. Si no recuerdo mal, el Lugarteniente Nadie (que en el sueño eras tú) y el Capitán Caimán habían conseguido huir del barco del Capitán Diente Negro, subidos en el palo mayor, roto por un cañonazo del Almirante Mar de Fondo. Les atacaron unos tiburones, pero se salvaron, ¿no?

—Sí —dijo Pisco—. Y llegaron a una isla, y comieron un coco, y se durmieron, y entonces el Capitán Caimán me dijo que tenía una sorpresa para mí. Y ya no sé cómo sigue la aventura, porque mi madre me despertó. Me da mucha rabia no saber cuál era la sorpresa que me reservaba el Capitán Caimán. ¿Tú lo sabes?

—Claro que lo sé —afirmó Margarita.

—¡Bien! —gritó Pisco, y dio un salto tan grande que casi se choca con la cabeza en el techo.

—Se despertaron en esa isla solitaria, el Capitán Caimán y el Lugarteniente Nadie. Lo primero que hicieron fue desayunar otro coco de una palmera, y luego empezaron a andar por la orilla de la playa. Hacía mucho sol, y el mar era azul claro. El Lugarteniente Nadie se quiso bañar...

—¿Y le atacaron los tiburones? —interrumpió Pisco.

—No —dijo Margarita—. Pero cuando se metió en el agua, había una medusa, blandita y un poco asquerosa, y la medusa le picó. Dolía como el picotazo de diez avispas, pero el Capitán Caimán dijo:

—Hoy cumples siete años, Lugarteniente Nadie, así que no puedes llorar.

De modo que el Lugarteniente Nadie aguantó el dolor sin derramar ni una sola lágrima, y eso que el pie se le puso bastante colorado. Después de tan poco recomendable baño, caminaron por un sendero que atravesaba la selva. A veces tenían que cortar maleza, ramas y lianas con el sable y con el cuchillo de abordaje.

—¿Cuál es la sorpresa que me tienes reservada? —preguntó el Lugarteniente Nadie.

—Pronto la verás —respondió el Capitán Caimán con su vozarrón—. Esta isla se llama Isla Escondida y guarda muchos secretos.

—¡Mira! —exclamó el Lugarteniente Nadie—. ¡Humo!

Y era verdad: allá, a lo lejos, se elevaba una columna de humo gris, que subía hacia el cielo.

—Vaya, vaya —el Capitán Caimán se rascó pensativamente la barbilla—. Así que no estamos solos en Isla Escondida... Tendremos que investigar.

Llegaron a un sitio en el que había una roca muy alta que tenía forma de cabeza de águila, con su pico y todo.

—Vamos a subirnos a la Cabeza del Águila —dijo el Capitán Caimán—. Es mi observatorio favorito. Desde allí se ve toda la isla y el mar que la rodea. Y así sabremos qué es ese humo.

El Capitán Caimán y el Lugarteniente Nadie se subieron a la roca, desde la que se veía, efectivamente, la isla y el mar que la rodeaba. El Capitán Caimán sacó un catalejo que llevaba sujeto en el cinturón, y miró a través de él, para buscar de dónde salía el humo. Y algo de lo que vio le llenó de ternura.

—Sabía que mi buena estrella no me podía fallar...

Y es que estaba viendo, dentro del círculo del catalejo, a Marisa del Cerro, en la playa, con el Almirante Mar de Fondo y el Sargento Barlovento. Estaban preparando un pescado a la brasa, en un fuego que habían encendido. El que cocinaba era el Sargento Barlovento, porque, como Marisa del Cerro le gustaba, quería demostrar que además de bravucón y algo bruto, era un magnífico cocinero.

—Mira —dijo el Capitán Caimán, pasándole el catalejo.

—¿Es Marisa del Cerro? —preguntó el Lugarteniente Nadie.

—La misma que viste y calza —contestó el Capitán Caimán—. Sus ojos valen más que mil diamantes, y sus dientes, más que mil collares de perlas.

—¿Y te vas a casar con ella? —dijo el Lugarteniente Nadie, que, como estamos viendo, era muy preguntón.

—Si ella me dice que sí, yo le diré que yo también —respondió el Capitán Caimán.

—Yo no sé si me querré casar cuando sea mayor —dijo el Lugarteniente Nadie, devolviendo el catalejo al Capitán Caimán.

—¡Rayos y demonios! —gritó éste, que había vuelto a mirar por el catalejo—. ¿Qué veo?

—Eso digo yo —preguntó el Lugarteniente Nadie—. ¿Qué ves?

—¡El Capitán Diente Negro con dos de sus secuaces! ¡Rayos y centellas! ¡Víboras y escorpiones! ¿Qué hacen esos malditos en Isla Escondida?

El Capitán Caimán estaba tan rabioso de ver a su peor enemigo que le chirriaban los dientes, y producía un ruido que recordaba el de las mandíbulas de los tiburones, o el de unas tijeras de podar: chac, chac, chac... El Lugarteniente Nadie miró por el catalejo y vio al Capitán Diente Negro y a dos piratas más, que tapaban con ramas de palmera el bote en el que habían llegado a Isla Escondida. El Capitán Diente Negro se rió, y todos sus dientes relucieron, excepto el que tenía negro.

YAARG!

Reanudaron el camino. Cuando el Capitán Caimán se acordaba de Marisa del Cerro, silbaba alegremente y con su sable cortaba las florecillas silvestres que se iba encontrando por el camino, con las que iba haciendo un ramo. Sus ojos estaban entonces muy tranquilos, y sus labios dibujaban una sonrisa un poco boba, la verdad, o eso le parecía al Lugarteniente Nadie. Pero cuando el Capitán Caimán se acordaba del Capitán Diente Negro, daba unos sablazos terribles a las plantas que crecían en los bordes del sendero, sus ojos echaban fuego, y el Lugarteniente Nadie se asustaba un poco.

—Ya casi estamos llegando —dijo el Capitán Caimán para animar al Lugarteniente Nadie, que estaba cansado de tanto andar y cortar plantas con su cuchillo de abordaje.

Pero nada más decir eso, se encontraron frente a frente con dos caimanes enormes y muy fieros, que les miraban

con ganas de comérselos, y que tenían las bocas abiertas y babeantes, recorridas por unos dientes de lo más puntiagudo.

—¡Media vuelta! —dijo el Lugarteniente Nadie, que quería escapar de allí a mil por hora.

—Sería peligroso —replicó el Capitán Caimán—. Por esta zona hay muchas arenas movedizas.

—Entonces... ¿Qué podemos hacer? —dijo el Lugarteniente Nadie.

—Si mis cálculos no me fallan, estos caimanes se creerán gracias a mi caimán tatuado que soy su hijito, y nos dejarán pasar...

—¿Y si tus cálculos fallan? —preguntó el Lugarteniente Nadie, temblando.

—Si fallan... ¡Más vale que recemos nuestras oraciones! ¡Cuando un caimán tiene hambre, se come hasta las suelas de los zapatos! ¡No dejarán de nosotros ni los huesos! ¡Ni un mal caldo de pollo podrían hacer con nuestros restos!

SO-
CO-
RRO
?

Dicho eso, el Capitán Caimán se echó cuerpo a tierra, boca abajo, como si fuera un caimán, levantando el pecho para que los caimanes de verdad vieran su tatuaje, y creyeran que era uno de sus hijitos.

El Lugarteniente Nadie se tumbó detrás de él, y así avanzaron, reptando

como reptiles, con los brazos y con un poco de mieditis, la verdad, porque los caimanes les miraban con mucha atención, como pensando: «Qué raros son estos caimancitos que se acercan...» Cuando hubieron pasado delante de los dos saurios, el Capitán Caimán se levantó y gritó:

—¡Ahora! ¡A correr tocan!

El caimán más grande y más feroz se dio cuenta entonces del engaño, lanzó un bocado al Lugarteniente Nadie, y sus mandíbulas se cerraron terriblemente apenas a un palmo de su culito, ¡chac!

—¡Aaaaaaah! —gritó el Lugarteniente Nadie—. ¡Que me muerden y que me comen y que me todo!

El Capitán Caimán y el Lugarteniente Nadie salieron pitando, y dejaron atrás a la pareja de caimanes, que, enfadadísimos, abrían y cerraban sus mandíbulas, haciendo unos chasquidos horribles, chac, chac, chac.

—¡Ja, ja, ja! —rió el Capitán Caimán, una vez fuera de peligro—. ¡Casi te marca en el trasero todos sus dientes, y te deja un collar de puntitos como el que tengo yo en la espalda!

Por fin llegaron al término del sendero, que acababa en una playa.

—¿Qué ves? —preguntó el Capitán Caimán.

—Una playa —contestó el Lugarteniente Nadie.

—¿Y detrás de ti? ¡Observa con atención!

El Lugarteniente Nadie se dio la vuelta. Solamente había plantas y unas ramas de un árbol, que colgaban llenas de hojas.

—Vegetación —dijo el Lugarteniente Nadie.

—¡Ja, ja, ja! —rió de nuevo el Capitán Caimán—. ¡Las apariencias engañan!

Y nada más decir eso, apartó las ramas que colgaban: formaban como una cortina, y detrás había un agujero que se abría en la roca.

—Usted primero, caballero —dijo el Capitán Caimán, haciendo una elegante reverencia.

El Lugarteniente Nadie entró por el hueco, y se encontró en una gruta muy grande, con las paredes de roca y el suelo de piedra, arena y agua, y en el agua, un barco pirata, con sus velas, sus cañones, su bandera... En fin, con todo lo que tiene que tener un buen barco pirata. Había también barriles con armas, pólvora y balas de cañón.

El Lugarteniente Nadie estaba emocionado, y su corazón latía muy fuerte. ¡Ésa era la Cueva del Caimán, el famoso escondite en el que el pirata escondía su barco y guardaba sus riquezas!

—¿Hay muchos tesoros? —preguntó el Lugarteniente Nadie.

—Sí, monedas de oro, y collares de perlas, y sacos de diamantes, y joyas de plata. Mira en ese barril.

El Lugarteniente Nadie metió la mano en el barril indicado. Estaba lleno de monedas de oro.
El Lugarteniente Nadie dio un mordisco a una, para ver si eran de chocolate, y casi se queda sin un diente: era bien dura, de oro de ley. Nada de chocolate.

—¿Y también tienes comida?

—Sí —dijo el Capitán Caimán—. Tengo bastantes *sandwiches,* y algunos caramelos. Chicles no, que no me gustan nada. También carne, y pólvora, y velas de repuesto para mi barco, y también algunas velas de las de cera, de las que sirven para iluminar.

—¿Y de las de cumpleaños? —preguntó el Lugarteniente Nadie.

—Sí, de ésas también. Luego soplarás las tuyas, en la tarta. Y ahora que has visto el secreto de Isla Escondida, tendrás que ayudarme a capturar al Capitán Diente Negro y a sus secuaces. Pero antes, quiero ver a Marisa del Cerro. El humo nos guiará.

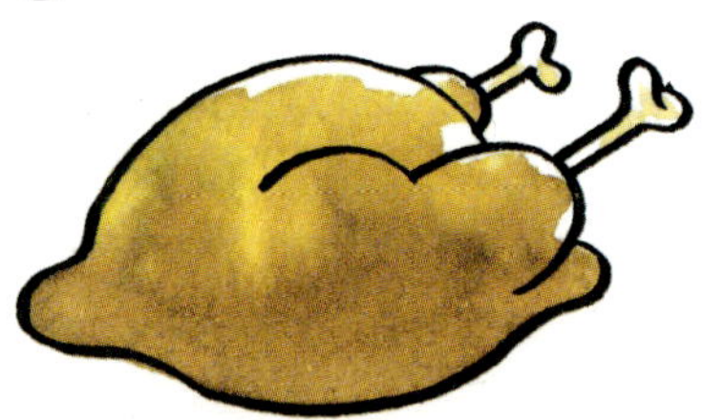

BRRRR

Cogieron unas pistolas que había en uno de los barriles, y salieron de la Cueva del Caimán. Se dirigieron hacia la columna de humo. Pero el Capitán Diente Negro había tenido la misma idea... ¡Y había cogido prisioneros a Margarita del Cerro, al Sargento Barlovento y al Almirante Mar de Fondo! Estaban atados, y el Capitán Diente Negro se burlaba de ellos.

—¡Ja, ja, ja! —reía el Capitán Diente Negro, y parecía una tormenta que echara rayos por los ojos y truenos por la boca—. ¡Me habéis hundido el barco, pero ríe mejor quien ríe el último! ¡Ja, ja, ja! ¡Pediré un rescate por vosotros, y luego seréis pasto de los tiburones! ¡Chac, chac, chac!

Pero entonces, el Lugarteniente Nadie y el Capitán Caimán salieron de sus escondites, apuntándoles con sus pistolas de piratas.

—¡Arriba las manos! ¡Lugarteniente Nadie! —ordenó el Capitán Caimán, con expresión fiera—. ¡Ata a esos bribones! ¡Y el primero que se mueva, probará una bala de plomo! ¡Ya verá qué rica! ¡Mucho más rica que un *sandwich* de jamón y queso!

Mientras el Lugarteniente Nadie ataba con una soga al Capitán Diente Negro y a sus dos piratas, el Capitán Caimán cortó la cuerda que ataba las manos a Marisa del Cerro. El pirata y la hija del almirante se miraron a los ojos y se dieron un beso y un abrazo. Cuando el Capitán Caimán le ofreció el ramo de flores silvestres, Marisa del Cerro se puso muy contenta. Pero al ver a su padre todavía preso, se entristeció.

—Perdona a mi padre —suplicó—. Él quiso matarte, pero es que tú *eres* un pirata y él un marino de Su Majestad el Rey de España.

—¿Si me sueltas, qué me pides a cambio? —preguntó el Almirante Mar de Fondo.

—¡Casarme con tu hija en la Cueva del Caimán! —dijo el bravo pirata.

—¡Acepto! —tronó el Almirante Mar de Fondo.

—¡Ja, ja, ja! —rió con risa de trueno el Capitán Caimán—. ¡Los mejores regalos son los que se hacen con el corazón! ¡Yo perdono a tu padre, el Almirante Mar de Fondo, y también al Capitán Diente Negro! ¡Pisco! Quiero decir... ¡Lugarteniente Nadie! ¡Desátales con tu cuchillo de abordaje!

El Lugarteniente Nadie obedeció al Capitán Caimán. Mientras le liberaba, hubo algo en la sonrisa del Capitán Diente Negro que al Lugarteniente Nadie no le gustó ni un pelo... ¿Sería una sonrisa siniestra y traidora, o era solamente que era un poquito fea, por lo del diente?

Todos fueron a la Cueva del Caimán, y allí, como no había ningún cura, les casó el Almirante Mar de Fondo, porque los almirantes y los capitanes de barco pueden casar a la gente, si no hay ningún cura en cien millas a la redonda, más o menos. El Sargento Barlovento lloró un poco, cuando nadie le miraba, porque estaba enamorado de Marisa del Cerro, pero... ¡Marisa del Cerro no se podía casar con dos a la vez!, ¿no? Y cuando el Capitán Caimán le puso el anillo a la novia, el pobre Sargento Barlovento empezó a llorar a chorros.

—¿Por qué lloras? —preguntó el Almirante Mar de Fondo, muy sorprendido, pues el Sargento Barlovento era hombre curtido en mil combates.

—Es que me estoy acordando de mi madre, que está muy solita —mintió el Sargento Barlovento.

Y entonces, pasó una cosa que da un poco de vergüenza contar... Justo antes de empezar el banquete, el Lugarteniente Nadie se tiró... un pedete... Y sonó así: ¡Prum! Todos creyeron que había sido un disparo y que les atacaban.

—¡Zafarrancho de combate! —gritó el Almirante Mar de Fondo—. ¡Primera andanada! ¡Fuego!

—¡Todos a sus puestos! —gritó el Capitán Diente Negro—. ¡No habrá cuartel!

—¡Sálvese quien pueda! —gritó el Sargento Barlovento, que había dejado inmediatamente de llorar—. ¡Las mujeres y los niños primero!

El Lugarteniente Nadie no dijo ni pío, pero se puso más colorado que un tomate.

BUM

—¡Calma! —dijo el Capitán Caimán, que se había dado cuenta de lo que pasaba—. ¡No es a pólvora a lo que huele! ¡Ha sido una falsa alarma! ¡El banquete puede empezar! ¡Calma!

Y todos empezaron a comer para celebrar la boda de Marisa del Cerro y el Capitán Caimán. En la tarta de novios pusieron ocho velas, una más para el año que viene, para celebrar también el cumpleaños del Lugarteniente Nadie. Y mientras los invitados zampaban, Marisa del Cerro y el Capitán Caimán planeaban el viaje de novios que iban a hacer. En barco, claro.

Margarita se calló un momento, para respirar. ¡Llevaba mucho rato contando el cuento a Pisco!

Y entonces, sonó el timbre. Pisco fue corriendo a abrir la puerta... ¡Llegaban los invitados con más regalos! Bueno, no todos traían regalo, porque dos se habían olvidado. Y de pronto, empezaron a discutir. Unos querían jugar al balón, otros a indios y vaqueros, otros a médicos y enfermeras, otros a policías y ladrones... Cada uno quería jugar a una cosa, y nadie se ponía de acuerdo.

—¡Ya sé! —dijo Margarita, para poner un poco de orden—. ¡Vamos a hacer la boda de Marisa del Cerro con el Capitán Caimán! El banquete ya está preparado por el cocinero del Capitán Diente Negro...

En el salón había una mesa llena de *sandwiches,* patatas fritas, aceitunas y palomitas, y bebidas de naranja y limón, porque la madre de Pisco había preparado una merendola para sus invitados.

Margarita cogió unos trapos, y se los puso en la cabeza a algunos de los amigos de Pisco. Hizo también unos parches negros, para tapar el ojo a otros, y con un corcho quemado pintó barbas y bigotes. Con las pistolas, los sables, los trapos en la cabeza y los parches, Pisco

y sus amigos parecían auténticos piratas, corsarios y bucaneros. ¿Y las niñas? Las niñas también, porque... ¿Acaso no ha habido mujeres piratas? Yo sé perfectamente que sí. ¡Y algunas fueron terribles!

—Pisco será el Lugarteniente Nadie... Tú, Marisa del Cerro —dijo Margarita a una niña—. Y tú, el Capitán Caimán.... Tú, el Almirante Mar de Fondo, tendrás que ponerte un bigote blanco de algodón para parecer más viejo... —y así fue dando a cada niño un papel.

Por fin los papás de los niños fueron llegando para recoger a sus hijos. ¡Cómo había quedado el cuarto de Pisco, y la cocina! ¡Parecía que de verdad allí había habido una fiesta de piratas y bucaneros, o un combate a muerte! Había juegos fuera de sus cajas, trapos aquí y allá, restos de la merienda desperdigados, en fin, para qué os voy a contar, un desastre.

—¡Zafarrancho de limpieza! —dijo Margarita—. ¡Pisco! ¡Hay que recoger todo antes de que vengan tus padres! ¡Manos a la obra! ¡Todos a sus puestos, víboras y escorpiones!

—¡Rayos y truenos! —dijo Pisco—. ¡Zafarrancho de limpieza! ¡Todos a sus puestos!

Y entre Margarita y Pisco recogieron alguna aceituna que se había caído, unos *sandwiches* empezados, unos vasos tirados, los trapos, las servilletas de papel sucias y arrugadas, en fin, lo normal después de una buena juerga.

Cuando llegaron los papás de Pisco y Anita, se sorprendieron de lo limpia que estaba la casa.

—Pero qué recogidito está todo —se maravilló la madre de Pisco.

—Sí —dijo el padre de Pisco—. ¿Es que no han venido tus invitados, Pisco?

Pisco puso cara de triste.

—No ha venido nadie.

¡Era la primera mentirijilla que decía en todo el día! Pisco y Margarita se miraron aguantando la risa, y se guiñaron un ojo.

—Era broma, hombre —dijo Pisco, a quien no le gustaba mucho decir una mentirijilla en el día de su cumpleaños—. Han venido todos, y lo hemos pasado requetebién.

—Bueno —dijo la madre de Pisco—. Ahora viene la celebración familiar. Como has recogido todo muy bien, hemos traído esto...

Y sacó una tarta con forma de coche, con los faros de colores y las ruedas de chocolate, la favorita de Pisco, en la que puso ocho velas, siete por los años de Pisco, y una más para el año que viene. Las encendió, y Anita, Margarita y sus padres empezaron a cantar:

—¡Es un muchacho excelente, es un muchacho excelente, es un muchacho excelente... y siempre lo será! ¡Y siempre lo será!

Y entonces... bueno, no sé cómo decirlo, da un poco de vergüenza... Bueno, allá vamos: Anita se tiró un pedete, que sonó así: ¡Prum! Todos dejaron de cantar y se quedaron callados, y entonces Pisco gritó:

—¡Falsa alarma! ¡No es a pólvora a lo que huele! ¡Víboras y escorpiones!

Y Anita gritó:

—¡No es pólvora que huele! ¡Víboras y copiones!

Todos se rieron, y mientras Pisco soplaba las velas, pensó que eso de cumplir años no estaba nada, pero que nada mal... ¡Qué pena que sólo se cumplan años una vez al año! Sus padres, en cambio, pensaban: «¡Qué rápido pasa el tiempo! Si parecía que fuera ayer cuando Pisco soplaba las

velas de su sexto cumpleaños...»
Y mientras las soplaba, Pisco pensó dos deseos: que él y su familia fueran muy felices, y que el viaje de novios del Capitán Caimán y Marisa del Cerro fuera un éxito total y lo pasaran requetebién...